창세기
55강 9월

창세기 55장 9절
박춘식 시집

초판 인쇄 | 2009년 5월 25일
초판 발행 | 2009년 5월 31일

지은이 | 박춘식
펴낸이 | 신현운
펴는곳 | 연인M&B
디자인 | 이희정
기 획 | 여인화
등 록 | 2000년 3월 7일 제2-3037호
주 소 | 143-874 서울특별시 광진구 자양동 (680-25호(2층)
전 화 | (02)455-3987 팩스 | (02)3437-5975
홈주소 | www.yeoninmb.co.kr
이메일 | yeonin7@hanmail.net

값 7,000원

ISBN 978-89-6253-027-8 03810

창세기 55장 9절

박춘식 시집

1 아으 그 옛날 하늘님이 시로써 세상을 만드셨다
2 시의 첫 구절은 경이로운 빛줄기였고
3 보기 좋고 듣기 즐겁게 여섯 구절까지 읊은 다음
4 일곱째에는 쉼표를 찍었다
5 흙덩이로 첫사람을 빚을 때에
6 사람도 시를 지을 수 있도록
7 시혼(詩魂)을 감싸는 오관 안에 뜨거운 기운을 불어넣어
8 시는 사랑임을 깨닫기 원하였다
9 첫사랑 하늘님은 신비스러운 시인이셨다
10 삼라만상을 시 제목으로 정리하면서
11 모든 것 안에 시심을 숨겨 두었다 그리하여
12 우주는 하늘님의 새맑은 시집이 되었고 아담은 에덴에서 시를 감상하다가
13
14

연인 M&B

시 한 편
그림 한 폭

시가 글자로
새로운 노래를 들려주듯이
그림은 빛깔로
아름다움을 두배 세배 늘려준다는
생각을 해 보았습니다

저는 지금
어린아이처럼
어둔한 그림을 그리면서
송구스럽게 시라고 말하고 있습니다

2009년 봄
칠곡군 왜관우체국 사서함 44호
나모 박춘식 합장

덧거리 글

제1부 **낙동강은 맑게**

저의 시 공부는

낙동강 옆

구상문학관에서 시작되었기에

시에 대한 열정이

강물 따라

깊은 바다에

이르기를 바라면서

나무는

나무는
서 있는 자리가
안방이고 뒷간이다

뿌리로 흙을 먹고
이파리는 하늘을 빨아들인다
비바람 소리 따라 먹는 일이
조용조용 깨끗하다

빛살 오라기를
한올 한올 끌어당기며
바람도 모르게 내뱉는 숨
늘 상큼하다
늘 새롭다

언제나
외다리로 서서 기도하는
나무는

아카시아꽃

달빛 머금은 하아얀 속살
풀 냄새보다 은은히 향기롭다

한낮의 햇살 야금야금 삼키어
무명 버선 속 몰래 숨겨 두었다
어둔 밤 조금씩 풀어내는 저 꽃잎
달빛과 견주며 노는 걸까

아카시아꽃 빛무늬 아래
오월 푸새들이
사랑의 공연을 시작하려 한다

묵정밭 산딸기

시 같은 글을 모아 책으로 펴냈다
어머니하느님
이라는 책 제목
표지 또 편집에 대한 말은 들었지만
시에 대한 도움말은 얻지 못했다
옆구리 찔러 절 받는 독후감을
두어 마디 듣고서는
헛일했다 싶어 마음이 씁쓰레하다
시인이 되는 길은 아직
나에게는 한참 멀었나 보다

미국으로 이민간 어느 분의 전화
―십여 년 훌쩍 지났는데
―가까이 지내는 수녀가 건네준 시집
―어머니하느님
―옛 생각 하며 읽고 또 읽고
―다음 시집 낼 때는 꼬옥
―대죄인 간판을 내려놓고
―하늘과 땅을 뒤집어엎으면서 시를 쓰세요
―멀리 있지만 기도로 도울게요

기억의 울타리 밖에서 들려온
그 목소리는
엊그제
묵정밭에서 따 먹은 산딸기 맛이었다

죽음 너머 저 세상은

오감 육감이
미분화된 하나의 빛살
사고가 행동이고 향기가 되는
그리고
언어가 곧 그림이 되고
조각품이 되는 힘
색상이 바로 음악인 신비로운 차원

응집과 분화가
자유로운
그곳

고유명사의 마침표

아기에게 이름을 부르면
보통명사가 고유명사로 된다
꼼지락거리면서 동사를 만들고
신기해 놀라면서 형용사
이것저것 대명사
부사
명사를 움켜잡으며 성장하고
보통명사 물질명사 집합명사 수량명사
그 많은 명사를 흘리거나
잃기도 하면서 나이가 든다

산다는 것이 품사들과 씨름하며
격변화에 따라
성공 실패가 오락가락하다가
끝내는 모래를 흩날린다는 생각이 든다
그러다가 아무개 죽다
하고 고유명사가 마침표를 들고 무덤으로 간다

세상에는 결론이 없다*

잠자리는
날개 안으로 여름 바람을 모아
초가을 하늘의 먼지를 털어낸다 그리고
가을의 꼬리를 잡고 사라진다
그러나
이어 따라오는 겨울이 지구 회전운동에 밀려
멀리 가버리면
새로운 잠자리들이
뜨거운 여름 빛살을 삼키며
골짜기의 바람을 만들어낸다

바위를 노래한 청마 유치환도
토지 박경리도 이승을 떠났다
시어를 겹겹이 포개어 가며
진솔한 삶을 보여준
시인 구상도 하늘나라로 갔다
지금 마악
저승 문을 바라보는 시인도 있다
시객들이 떠나간 자리에 새로운 시인들이
시어 낱알을 텃밭에 심을 것이다

끝을 향하여 걷고 있지만
우리에게는 결론은 없다
깃발을 내리는 것
토지를 잠재우는 것
강물에 웅두리 마음을 적시는 일은
하늘의 몫이다

* 박경리 유고시집 『버리고 갈 것만 남아서 참 홀가분하다』, 120쪽
〈모순〉에서 빌려 왔음

구상문학관

누가 구상 시인에게 말했다
선생님은 신앙을 가지셨으니 삶이 평온하고
마음이 항상 든든하겠습니다
그 말을 들은 시인은 빙긋 웃는다
턱도 없는 소리
내 마음이 신앙 때문에 얼마나 지랄 같은지
몰라서 하는 말

신앙이 그를 동여매기도 하고 간혹
보여주지도 않으면서
길은 여기 있다고 붙잡기도 했다
어떤 때는 울타리를 뛰쳐나간다
이제는 하늘님도 찾지 못할 거야 하고
신나게 도망친다 그런데
어느새 커다란 십자가가 불뚝 눈앞에 서 있다
그 순간
터질 것 같은 마음을 풀어헤치면
시가 되기도 하고 속앓이로 남기도 한다

대구 어느 시인의 참말
구상의 시는 요즘 시인들이 좋아하지 않는다 그러나
그의 시가 귀중하게 돋보이는 이유는
시인의 삶이 그 시 안에 머물러 있고
시 따로 삶 따로가 아닌 참 시이기 때문이다

지랄 같은 신앙이
구상 안에서 시를 풀어내는 동안
강물은 더 낮은 곳으로 흘러가고 있었다
왜관 낙동강 옆 구상문학관
구상의 체취가 남아 있는
관수재에서 바라보는 낙동강은 맑게
오늘도 하늘을 안고 흐른다
구상의 시를 읊으며
큰 바다를 향하여 걸어가고 있다

길고 긴 인사 【사행시】

새해 햇살에 새 달력 걸고
달력 따라 달이 커지는 날짜들
두 달력 사이에 추욱 늘어진 신정 구정
길고 긴 두 달 동안의 새해 인사

그저 그렇다

그동안 평안하셨습니까
—그저 그렇다

서예 공부는 재미있습니까
—그저 그렇다

동해안을 다녀오셨다는데
바닷바람 맛이 좋았습니까
—그저 그렇다

명절 기쁘게 보내십시오
—앞으로는 오지 마라

갑자기 왜 그런 말씀을 하십니까
—선생 노릇 잘못하여 많이 부끄럽다

제자들이 갈수록 잘살아야 하는데
나라 꼬라지가 꺽꺽한 탓인지
일터에 마가 끼었는지
—다아 죄 많은 내 탓이려니

쪽쪽

　전문대학에서 교양철학 강의하던 중 한 남학생이 키스의 철학적 의미를 질문했는데 키스는 사랑의 표현이고 사랑을 말하려면 시간이 부족하니까 오늘은 키스의 구분으로 뽀뽀와 쪽쪽에 대하여 말하겠다 하니 남학생 몇몇은 쪽쪽 효과음까지 내어가며 눈알이 반짝거렸고 여학생들은 호기심어린 눈빛으로 나를 보고 있었지만 아주 진지한 표정으로 볼이나 이마 등등 입술을 살짝 붙이는 것은 뽀뽀이고 상대방의 혀의 진동이나 감촉을 자기 혀로써 확인하는 것은 쪽쪽이라고 말하니 남학생들이 쪽쪽이란 단어에 손뼉을 치며 환호하였는데 조금 더 설명을 요구하는 눈치가 보여 뽀뽀는 단순한 애정의 표시이지만 쪽쪽은 두 사람의 혀가 충돌하면서 사랑의 확인 또는 사랑의 열기를 높이는 것인데 지금 이 강의실 학생들이 숨소리가 거칠어지고 있는 듯하여 오늘 강의는 이 정도로 여기서 끝냅니다 말했었다

　한 주간 지나 같은 시간에 쪽쪽이란 단어는 국어사전에 없는데 만약 여러분이 뽀뽀와 쪽쪽을 구분하여 이 두 단어를 사용하고 또 많은 사람이 이 말에 공감하여 계속 사

용하게 되면 몇 년 후에는 국어사전에 쪽쪽이란 단어가
새로운 용어로 들어앉게 될 것이라고 말하니 학생들이 쪽
쪽이란 말을 열심히 쓰겠다고 했지만 말만 했을 뿐 그저
편한 대로 서양말인 키스라는 말에 매력을 더 느끼는 듯
했다

　이십여 년 전에 있었던 일이다

찔레꽃

계집년은 도망가고 없는데
적삼만 걸친 사내는
고래고래 소리지르며 밥상을 집어던진다
마루에 있던 냄비를 고무신으로 짓이긴다
냄비 안에 숨어 있던 봄바람이
사내의 발밑에 지글지글 흩날린다
남자가 바람피워도 씁쓸한데
계집년이 화냥질이라니
알쏭한 속맘 덮어두면서
동네 여자들이 내놓고 쫑잘거린다

사내 가슴에
죽창(竹槍)으로 꽂힌 봄
울컥 또 한 번 치솟는 격분
안방 윗목의 콩나물 단지를 번쩍 내동댕이친다
손톱만큼 자란 콩나물이 쏟아지면서
마당이 온통 올챙이 운동장으로 변한다

시골집 옆 언덕에
찔레꽃이 조용조용 피려고
꼼지락거리던 날이었다

나이 일흔

언젠가
그날이 오겠지

가까워지고 있다는 생각이
목주름을 매만지는 듯
꼼지락거리더니
달력 한 장 찢어 보이는
낯선 그림처럼
어느 날 불뚝 나타났다
보이는 것도 아니고
만져지는 것도 아닌
딱 부딪치는 그것

일흔이란 나이

지팡이

땅 위에 세운 낚시 바늘
꼬부라진 할머니가
한 발 두 발 짚고 다닌다
보이지 않는 긴 낚싯줄
그 줄 따라
뒤뚱뒤뚱 걸어온 일생이
엎치락뒤치락 엮어온 한평생이
오래된 그림자를 붙잡고 있다
이제는
놓을 수 없는 낚시 바늘

물살이
자늑자늑 눕고 있다

수세미

바람이 칼칼하게 비켜 가고
솔 그림자가 찾아오기도 한다
눈이 오면 잠시
하얘져서 즐겁지만
밤이면 꽁꽁 얼어 눈물이 고드름 된다
따뜻한 햇살에 안기고 싶지만
해가 기울면
밖으로는 검어지고 안으로는
깡마르게 매달려 있어야 한다
마당 저켠에 묶여 있는 개가 컹컹거리면
마음은 더 차가워진다

2008년 12월 15일
대구 월드컵 경기장 옆
어느 주택 철조망 담에 걸려 있는
큰 수세미 하나가
그나마 비쩍 마른 줄기라도 꽉 잡고 있다

제2부 죽고 싶으면

날마다
느닷없이
죽어가는 이들을 위하여
기도하는 마음을
잃지 않으려고

PINK

2009년 1월 1일
왜관 분도수도원 성당
새해 신신한 아침 10시 미사

내 앞에 앉아 있는 40대 부부
복음 봉독 때 일어서는데
아줌마의 청바지 탱탱한 엉덩이에
PINK라는 큰 글자가 분홍색깔로 붙어 있다
요즘 유행하는 바지인 듯

성체를 모시려는 아줌마
핑크 글자를 붙잡고 제단으로 걸어간다
비뚤거리는 엉덩이의 새해 인사
연신 분홍빛 휘파람을 날린다

새해를 여는 첫 미사에
불현듯이 나타난 PINK
새해에는 오동포동한 귀인이 나타나려나
복권 운이 솟아올라 새 자동차를 타려나

하지만 PINK가 고약한 운수라면
당장 첫 글자 P를 후다닥 뜯어내어
붉은 잉크로 뜨거운 시를 많이 그리고 싶다

여정(旅程) 【사행시】

인간은 자궁(子宮)에서 출발하여
천궁(天宮)으로 유턴(U-turn)하는 존재이다
자궁은 천궁의 하위개념
모든 길 모든 문은 하늘을 향하고 있다

어느 여름 오후

몇 해 전 일이다 내가 사는 골짜기 집에 손전화가 잘 안
들려 이동전화국에 어려운 사정을 전화로 말했다 예 예
하더니 아무런 소식이 없었다 다시 전화했다 기분 나쁘게
여길까 싶어 조용조용 이렇게 말했다 내가 경찰서장이라
면 당장 와서 봐주겠지요 우리나라는 힘없고 돈 없는 사
람이 살기 어려운 곳이죠 제가 무얼 사 드리면 도와주나
요 당장 그 다음날 두 젊은이가 작은 트럭으로 왔다 몇몇
장비로 측정도 하고 시험도 하였다 시원한 맥주와 안주를
사주며 고맙다고 인사했다 마당의 트럭을 지나치다가 트
럭 위에 놓인 작업일지를 우연히 보게 되었다 여러 사람
의 이름이 적혀 있었는데 내 이름이 넷째 자리에 있고 내
이름 위에 볼펜으로 내갈기듯이 이렇게 적혀 있었다

성질더러븐고객

못 본 척하였다 전화 두 번으로 더러운 고객이 된다면
전화를 세 번 또는 네 번 할 경우 어떤 표현으로 작업일지
를 적을까 그게 조금 궁금하면서 싱긋 웃음이 나왔다

고약한 짓

가슴을 다 보여주면서
다섯 여자가 나무에 걸려 있다
바로 아래쪽에는
한 남자가 나뭇가지에 걸터앉아 있다

내가 사는 시골집
삼백 미터 떨어진 산길 옆 나뭇가지에
브래지어 다섯 개가 걸려 있고
그 아랫가지에는 남자 팬티 하나 걸쳐 있다

여자에 물린 머스마인지
사내를 홀린 가시나들인지
알 수 없는 퍼포먼스

고이 버리지 못한
못된 놈의 얼굴 꼴이 궁금하다

이른 봄 아침 쌀쌀한 바람 속에
내버려지는 속옷을

어쩔 수 없이 입고 있는 나무
그 우듬지에 까치가 앉아
꺽꺽 소리지른다

서울의 밤

네모 반듯반듯 길쭉이
우람하게 하늘로 치솟는 높은 나무들
해가 벌건 먼지를 삼키고 넘어가면
이 나무들은 불을 밝힌다
나무 밑에서
새들은 네 발로 기어다니며 목쉰 소리를 내고
큰 새들은 가끔 돼지 멱 따는 소리까지 뿜어낸다
두 발로 쌩쌩 달리는 새들은
기관총 소리를 길에다 깔아 놓는다

나무들 사이사이 낙엽들이 널려 있다
그 낙엽 옆으로
많은 벌거지들이 쏘다닌다
더러 몇몇 벌거지는 낙엽 밑으로 기어들어가
소주를 마신다
거리의 먼지를 시꺼멓게 마신다
오늘도 그럭저럭 하루 일을 접었다고
어제와 다름없는 오늘을 소주잔에 담아서
캬아 넘긴다

밤을 마시는
술잔 안에서 아침 해가 올라오고 있다

전교조 【사행시】

프로테스탄트는 400여 년 전
로마의 주교 추기경들이 조각한 작품이고
우리나라 전교조는 목덜미 뻣뻣한 교장
교감들이 만들어 놓고 맨날 키워주고 있다

개망초꽃

햇살이 손을 쭈욱 뻗어
개망초를 사로잡으려 한다
잡히지 않으려고 도망치면서
개망초꽃들이
산발치에 하얗게 몰려들었다

파도 타면서 몰려오는 물거품처럼
꽃잎들이 눈망울을 껴안고
바람에 밀려 떼지어 흔들린다
농군들이 망할놈의 잡초라고 망초라 불렀다는데
거기다 이름마저 개망초 되었으니
하얗게 익은 외로움이
언제까지 하늘만 바라보려나

노출 여성

[쿠키뉴스] 2006년 10월 26일(목) 오후 04:40
쿠키 지구촌=호주
호주 무슬림 사회의 최고 성직자가
여성이 성폭행 당하는 것은 천박한 옷차림 탓이라며
그런 차림의 여성을
노출된 고기(uncovered meat)에 비유해
사회로부터 국외 추방 주장이 나오는 등 물의를 빚고 있다
26일 호주 언론에 따르면 호주 이슬람교 율법 고문인
셰이크 타즈 알딘 알힐랄리는 지난달 시드니에서
500명의 신도들 앞에서 라마단 설교를 행하면서
문제의 발언을 한 것으로 전해졌다 고기를 가리지 않고
거리나 정원이나 공원 또는 뒤뜰에 내다 놓으면
고양이가 와서 먹는다고 비유했다 이 사실이 보도된 다음
물의를 빚자 셰이크 알힐랄리는 자신이 말한 고기는
창녀를 가리킨 것이지 히잡을 쓰지 않고
아슬아슬하게 옷을 입은 여성을 가리킨 게 아니라고 말
했다

이 기사를 본 서울 어느 신사
셰이크 알힐랄리가 노출된 고기를 너무 많이 먹어 물렸거나
아니면 원하는대로 자주 먹을 수 없어서
이런 말을 했을 거라는 해석을 내렸다

죽고 싶으면

돈 문제로 죽어야겠다면
괭이로 땅을 파라
그리고 쑥갓 무 상추를 심고
눈곱만한 싹이 돋는 것을 보면서
죽을 날짜와 장소를 멋진 곳으로 정해라

가시나 때문에 죽고 싶다면
산에 올라가 나무를 껴안고 네가 아는
모든 여자 이름을 칼날처럼 불러 모아라

친구 배신으로 또
우울증으로 살고 싶지 않으면
컵라면 세 박스 옆에 두고
죽기 전 마지막으로 소설 세 권
시집 일곱 권을 꼭 읽은 다음 조용히 죽기를

사업이 너무 힘들고 어려워
세상이 더럽고 더러워 정말 세상을 떠나고 싶으면
죽을 날짜를 한 달 후쯤 정해라 그런 다음

마지막으로 하고 싶은 일 한두 가지를 하고
죽기 전에 꼭 만나고 싶은 사람을 만나
주거니 받거니 술 한잔 해라
거나하게 취하여 지구를 마구 흔들어 보라
그리고 꼭 밤낮없이 모든 것 밀어 제치고
큰 가위로 신문지를 오리고 또 오려서
온 방 가득 수북이 쌓아라 유품으로

이러고도 기어이 죽고 싶으면
죽기 하루 전에
한 시인에게 전화하여
자기 죽음이
시 한 편 될 수 있냐고 물어보아라

저주는 부메랑이다

한 사내가 하늘 향하여
저주의 화살을 마구잡이 쏘아 올린다
그놈의 돈 때문에
잘난 체하는 지지바 때문에
세상 더럽고 세상 제 맘대로 안 된다고
저주는 줄달음질친다 깡다구를 부린다

저주 받은 나무는 칼이 되고
저주 마신 짐승은 독버섯으로 변하고
저주 받자 새들은 그 자리에서 포악한 늑대가 된다
저주 받은 강물은 바위 산으로 올라가고
저주 먹은 사람들은 쓰레기 더미로 변한다

울분의 둑이 터져
온 세상이 바다로 변한다
고함치며 저주하는 모든 언어들이
폭우가 되어
또 다른 노아 홍수가 된다
모든 것이 물에 잠기고
모든 것이 방향 없이 떠내려간다

누가 하늘을 열겠는가
어느 누가 무지개를 세워주겠는가
누가 저주의 언덕을 새롭게 만들겠는가
어느 누가 어둠을 밀어내어 주겠는가

하늘로 수없이 올라간 저주 화살이
땅으로 휘뚜루 떨어져
온 산천을 잿더미로 만든다
사내는 눈을 감고 귀를 막고
아무것도 보지 않으려 한다
저주가 자신을 놓아줄 때까지
자신이 저주를 멀리 던져 버리는 날까지
엎드린다 기다랗게 엎어진다

추석 달빛

십사 년 전 시골에
집 지으려고 골짜기로 들어가는 길을
축대 쌓아가며 반듯하게 만들었다
부산에서 한의사인 산주가 올라와서
허락없이 길을 함부로 만들었다며 호통쳤다
지적도의 길을 단단하게 만들었다고 하니
그 길은 자기 산밑에 붙어 있으니
자기 것이라고 삿대질하며 우겼다
지적도의 길은 개인소유가 아니라 하여도
그렇지 않다며 끝까지 고함쳤다
말이 안 통하는 그에게
무릎을 꿇고 빌었다
대학교수라는 사람이 남의 땅을 함부로 손댄다며
마음을 꾹꾹 찔러대며 야단쳤다

추석날이면
어김없이 그 산주가 나타난다
무릎 꿇었던 두 시간의 고통은
나중에 하늘님 앞에 무릎 꿇어야 하는

예행연습이라 하더라도, 추석이면
오금에 깊이 박힌 통증이 벌떡 일어선다
한가위 달빛이 그 길에 누워
아프다고 자꾸만 끙끙거린다

장마

장터에서 후다닥 소나기를 만났다
배고파 우는 아기 생각으로
걸음 총총 달려왔지만
거센 황톳물살이 앞을 콱 막고 있었다
이웃 마을 남정네 억센 등때기에
커다란 젖가슴을 얹으면서
싯누렇게 요동치는 냇물을 건넜다
이를 알게 된 신랑
시뻘건 불길이 눈동자를 삼키고
소문은 가지를 뻗으면서
산골 마실을 뛰어다녔다

전화도 없었던 시절
빗줄기에 촘촘히 배어 있던 그 장마
장날 소나기가 피눈물 되면서
어느 초가집이 박살 난 이야기는
아직도 흙탕물 밑으로 조근조근 흐르고 있다

제3부 추기경 김수환

우리나라
첫 사제 안드레아 김대건
첫 추기경 스테파노 김수환

하늘님의
큰 은총이 내린
복된 이 땅에서
오늘
시급한 기도는
대동강 강둑길을 언제든
걸을 수 있는 그날이 오기를

창세기 55장 9절

1 아으 그 옛날 하늘님이 시로써 세상을 만드셨다

2 시의 첫 구절은 경이로운 빛줄기였고

3 보기 좋고 듣기 즐겁게 여섯 구절까지 읊은 다음

4 일곱째에는 쉼표를 찍었다

5 흙덩이로 첫 사람을 빚을 때에

6 사람도 시를 지을 수 있도록

7 시혼(詩魂)을 감싸는 오관 안에 뜨거운 기운을 불어넣어

8 시는 사랑임을 깨닫기 원하였다

9 첫사랑 하늘님은 신비스러운 시인이셨다

10 삼라만상을 시 제목으로 정리하면서

11 모든 것 안에 시심을 숨겨 두었다 그리하여

12 우주는 하늘님의 새맑은 시집이 되었고

   아담은 에덴에서 시를 감상하다가

13

14

하늘님은

이음매가
없다

작아지면
점
하나

넓게 높게 커지면
억만 겁의 우주가 들어가고도
무량수로 비어 있는
동그라미

하늘님은
하얀 그대로 동그라미이시다

카운트 업(Count up)

1900년
　　1250년
　　　1000년
　　　　587년
카운트 다운이 끝나면서
0 되던 날
0 시
별 하나 내려왔다
한밤중 양 떼가 몰려오고
접힌 하늘이 펴지기 시작했다
별들이 별들이
화사한 음표들을 날리면서
온 땅을 감싸안았다
그리고 즉시
카운트 업이 시작되었다
　　　　313년
　　　590년
　　1521년
　1978년
2008년

사람들이 숫자를 헤아리며
카운트 업에 매달리고 있을 때에
그분은
또 다른 카운트 다운을 헤아린다

그분의 카운트 다운이
끝나는 날 사람들은
시간을
숫자로 헤아릴 일이 없어질 것이다
공간을
숫자로 재어 보는 일이 없어질 것이다

그레고리오 성가

2008년 가을 왜관
낙동강을 유영하던 비둘기들이
우우 몰려 전선에 앉는다
푸른 바탕에 그려진 오선지에
음표들이 도란도란 자리 잡는다

다시 보니
저 전선은 네 가닥
5선지가 아니고 4선지라면
그렇지 그렇지
오늘은 비둘기들이
그레고리오 성가 악보를 만들고 있구나

강 건너 전선에 앉으면
처녀뱃사공 노래를 부르는 비둘기들이
오늘 여기서는
키리에 엘레이손*을 노래하고 있다

*그레고리오 성가 악보는 4선이며 키리에 엘레이손(Kyrie eleison)은
 하느님, 저희를 불쌍히 여기소서 라는 뜻임

어떤 낙서

야후~재미존
2009년 1월 21일 잼난 이미지
황당하고 유쾌한 엽기 사진 모아모아!!!

신은 죽었다
　　　　　　~ 니체 ~
니체 넌 죽었다
　　　　　　~ 신 ~
둘 다 죽었어
　　　　　　~ 청소 아줌마 ~
멋져부러 청소 아줌마 ~~~~ㅋㅋㅋㅋ

어느 봄날 니체가
서울 관광여행 중
화장실에서 응가하다가
이 낙서 밑에 한 마디 적었다
~ 신을 죽여도 죽여도
~ 계속 다시 살아난다 이제 지쳤다
~ 아예 두손들었다
~ 한국 아줌마에게 모든 걸 맡긴다
　　　　　　~ 니체 ~

자존자유(自存自由)

구약성경 탈출기* 3장 14절
모세가 하늘님께 이름을 여쭈었을 때
나는 '있는 나' 다
라고 하늘님께서 모세에게 말씀하셨다
Ego Sum Qui Sum(에고 숨 귀 숨)*

한없이 비어 있는 공허는 무한애은(無限愛恩)이며
흘러넘치는 가득함은 무소부재(無所不在)이다
공허 안에 충만을 넣고
충만 안에 공허를 만드는 능력

사랑으로 자존(自存)하는 그분
기쁨으로 자유(自由)하는 그분

인간의 언어 안에
인간의 사고 안에
도저히 담을 수 없는 그분
모세는 잘 알아듣지 못하였지만
황급히 신발을 벗고

산기슭에 엎드려
두려운 마음으로 온몸을 부들부들 떨었다

사람이
자존자유의 모습을
티끌에 붙어 있는
먼지만큼이라도 본다면 곧바로
그 순간
그 자리에서 미쳐버릴 것이다

* 탈출기 : 구약성경 중 한 권이며 모세는 구약성경의 가장 위대한 인
물이며 모세가 이스라엘 백성을 이집트에서 탈출시키는 소명을 받
으면서 하느님의 이름을 듣는 내용
* 라틴어로 '나는 〈있는 나〉다' 라는 의미 즉 스스로 존재한다는 뜻
임, 중국 천주교 성경에는 〈我是自有者〉로 번역되고 중국 개신교
에는 〈我是自有永有的〉라는 번역도 있음, 영어 가톨릭 성경에는
〈I am who I am〉으로 번역됨

탑형 크레인

왜관 분도수도원 신축 공사장에
쇠막대기로 얽어맨 십자가가
높다랗게 서 있다

하늘로 한참 올라간 십자가
어찌하여 오른팔은 길고 왼팔은 짧을까
집나간 둘째 아들에게 손젓다가 길어졌나
배곯는 아이들에게
먹을거리를 주느라고 길어졌나
창녀의 죄를 이만큼 다 용서한다고 길어졌나
가까이 못 오는 장님을
어루만져 주느라고 길어졌나

수도원을 쳐다보는 나무들
수도원을 날아다니는 까치들
수도원을 바라보는 낙동강 물고기들
수도원을 기대면서 지나가는 바람결
그 십자가는 기다랗게 축복하고
멀리 멀리까지 강복한다

쇠붙이로 치솟아 오른 십자가가
철마에게 손을 흔들고
엥엥 달리는 철판 상자들에게 손 뻗고
자꾸만 자꾸만
쇠막대기처럼 딱딱해져가는 사람들에게
손을 길게 내밀어
하늘을 보라고 한다
하늘을 바라보라고 한다

성인 김대건

이 땅의 한 청년이
저 땅에 엎디어 사제가 된다
하늘의 큰 빛을 부여잡고
성품성사의 제단 앞에 꿇어*
두 손을 뜨겁게 합장한다
몸과 마음을 엎디어 겸허하게 합장한다

배달겨레의 불길 같은 혼으로
두 팔을 넓게 벌려
주님께서 여러분과 함께
라고 인사를 하지만 눈앞에는
배달 사람들이 없다
고향 산천이 안 보인다

김대건 신부의 첫미사
1845년 8월 24일 중국 상해 횡당성당

온 땅을 축복할 수 있는 그 손이
중국 땅에서 처음 강복을 줄 때

떨리는 손가락 마디마디
눈물이 흘러 온몸을 적신다
황해 저 건너 배달겨레를 향하여

오늘 이 자리에 꿇어
성인 사제의 축복을 청한다
그 많은 세월
그 많은 허물
때묻은 마음을 앞에 놓고 강복을 청한다
164년 전
그날
그 정성으로 빌어 달라고
한반도를 크게 축복해 달라고 엎디어 애원한다

* 성품성사 : 천주교회 칠성사의 하나로 그리스도의 대리자 곧 사제가
  되려는 사람에게 사제의 신권을 부여하는 성사이다

추기경 김수환

우리와 함께 호흡하였던
가슴숨의 끈이 잘리고
맥박곡선이 직선으로 넘어졌다
누워 있는 그는
사랑의 두 눈을 고이 감고
얼굴과 손만 보여주고 있다
가난과 눈물의 좁은 골목을 다녔던
두 발은 하늘을 향하고 있다

이제는 손을 들어 강복을 주지 않고
보이지 않는 온 넋으로 강복을 주고 있다
이제는 두 발로 다니지 않고
사람들의 마음 안으로 날아다니고 있다
이제는 입으로 말하지 않고
하늘의 빛살로 사랑과 용서를 말하고 있다

그가 그렇게 높이 보이는 것은
그가 그렇게 낮추어 살았기 때문이다
그가 이렇게 많은 사람을 끌어당기는 것은

그가 이렇게 하늘님만 부둥켜안았기 때문이다
그가 저렇게 위대한 것은
그가 저렇게 작아지면서
위대한 하늘님을 보여주었기 때문이다

어제는, 서 있으면서
한반도의 추기경이었는데
이제는, 누워서 세계의 추기경이 된
카르디날 스테판 김수환*

* 김수환 추기경의 영어 표기, Cardinal Stephen Kim Sou-hwan

순교

두 무릎을 꿇는다
엎드려 양 팔 뻗고
얼굴을 흙가슴에 묻으며
땅바닥 십자가가 된다
온몸으로
움켜잡은 땅덩어리를 불태우려는
오직 한 믿음

번뜩이는 칼날에
하늘을 바라보던 머리가 떨어진다
목숨 건 사랑이
붉디붉은 분수로 높이 솟구치면서
검붉은 핏방울
핏방울마다 하늘을 노래한다

구약의 성조 야곱이 보았던
그 꼭대기가 하늘에 닿아 있는 층계가*
내려온다
피 엉킨 땅까지 내려온다

*구약성경 〈창세기〉 28장 12절

미사 성제(聖祭)* 【사행시】

메시아 예언과 구세주 탄생 그리고 예수님의 일생
최후 만찬 십자가 죽음 부활로 이어지는 기나긴 첫 미사
두 번째 미사는 엠마오*에서 봉헌
이어지는 사도들의 미사는 시공을 아우르는 성제(聖祭)

* 미사 성제 : 가톨릭에서 예수님의 최후 만찬을 기념하여 행하는 제사
의식으로 가톨릭교회의 가장 중심이 되는 의식이며, '말씀 전례' 와
'성찬 전례' 두 부분으로 이루어진다
* 엠마오 : 십자가에 못박혀 처형된 지 3일 만에 부활한 예수님이 예루
살렘 부근의 작은 마을인 엠마오로 가는 두 제자 앞에 나타나서 저녁
식탁에서 빵을 떼어줄 때에 제자들이 예수님을 알아본다는 성경 내용

눈동자들

내 밥상에는 언제나
작은 눈동자들이 가득하다
밥상 모서리에 올망졸망 붙어 있다
숟가락 들 때마다 내 손을
말끄러미 쳐다본다
그리고 뜨거운 불길 속에서도
밥 먹는 나를 빤히 보는 눈동자도 많다
맛있는 반찬을 넘길 때
그 많은 눈망울들이
내 손목을 꼬옥 잡아 끌어당긴다

어떤 눈동자는 사그라지고 있다
내 입을 보고 있던 눈까풀이
겨우겨우 올라갔다가
젓가락 따라 스르르 내려온다
다시는 뜨지 못할 것처럼

어딜 가든
내 밥상에 촘촘히 모여드는
침을 삼키듯 깜박거리는 배고픈 눈동자들

북경 어느 날

연옥은* 불이 이글거리고
목이 말라 헉헉거리며 아우성치는 곳이라고
어릴 때부터 자주자주 들었다
지금도 어느 신부는 연옥에서는
죄를 다 씻으면 천국 간다는 희망 하나만 있을 뿐
지옥과 같은 불길에 고생한다며 겁주듯 말한다
성당 다니는 사람 머리 속에
연옥은 뜨거운 불길 가득한 무서운 곳이다

4월 북경 어느 날
온 도시가 황사로 누우렇게 포장되고
사람들도 뿌연 먼지를 덮어쓰는 것을 보니
연옥 한켠에는 황사 골목도 있겠구나
하는 생각이 뿌연 먼지처럼 든다
중국의 천주교회 신부들은 그곳 신자들에게
연옥은 황사(黃砂) 홍사(紅砂) 흑사(黑砂)가
난무하는 곳이라고 하면 잘 알아듣겠다는
생각으로 버얼건 먼지를 들이마신다

* 연옥 : 천주교회(가톨릭)의 주요 교리 중 한 가지. 죽은 사람의 영혼
이 천국에 들어가기 전에 남은 죄를 씻기 위한 곳 즉 영혼의 정화 과
정을 뜻함

군위읍에서

경북 군위읍 동부리 언덕바지를 오르면
교회 건물 네 개 서 있다
언덕 위 성당으로 올라가는
골목길 왼편에 장로교회가 버티어 서 있고
건너편에는 성결교회 건물이 우뚝 서 있다
그 옆에는
제칠일 안식일 예수재림교회가 있다
어림잡아 100미터 거리 안에
서로 겨누어 보는 듯하다

주님의 날인 주일 아침
왁실거릴 것 같은 이 언덕에서
교인들끼리 서로 눈 흘기는 일은 없는지
이웃끼리 고개 돌리는 일은 없는지
자기 교회에 가자고
한사코 손잡아 끄는 일은 없는지
자기 교회로 아이를 데리고 가야 한다고
싸우는 부부는 없는지
많이 많이 궁금하다

늦여름 어느 일요일 저녁
예배가 다 끝난 시각에
한 약국 안에서 초라한 사나이가
목구멍으로 두통약을 끄르륵 넘기고 있다
지쳐서 비틀거리는 그는 바로
군위읍 한 단칸 셋방에 사는
예수님이었다

신윤우 신부

신풍우(申風雨)라 불리던
신윤우(申尤雨) 신부가 이승을 떠나기 한 달 전
나를 보고 싶다는 말이 부산에서 날아왔다
1991년 12월 추운 날
병실은 따뜻하였지만 낯선 느낌이다
서로 마지막이라는 생각
무슨 말을 해야 할지 답답했다
누워 있는 선배 신부에게 나의 잘못을 용서 빌었다
고개를 저으며 아니라고 힘없이 말하며
마지막 부탁이 있다고 했다
순간, 무슨 부탁일까 궁금했는데
느닷없이 강복을 달라는 것이다
환속한 신부는 사제로서 축복 능력은 있지만
교회법에 의해 누구에게든
축복 행위를 할 수 없다는 사실을
너무 잘 하는 그 선배가 나에게 강복을 청하고 있다
이를 어쩌나 어쩌나
죽음을 앞둔 그의 청을 차마 거절할 수가 없어서
두 손 합장한 뒤 오른팔을 크게 올려

십자가를 그으면서 강복했다
꺼져가는 목소리로
고맙다 고맙다 하는 그의 말을
가슴에 담고 병원을 나섰다
이 땅에 있는 수천 명 신부들 중에
저러한 신부가 또 있을까
바람 부는 대로 다닌다는 풍우(風雨)라는 그의 이름이
결코 허튼 이름이 아니었구나

내가 죽을 때
어느 사제가 강복 줄는지
마지막 축복이나 받을 수 있을는지
마음 한켠 침침한 그늘을 안고서
대구로 향한 기차에 올랐다
낙동강 하류 그득한 물 위에 길게 누워 있는 노을
그 붉은 마음으로 신풍우에게 또 한 번
강복을 빌고 빌면서

네 탓 내 탓

여론조사에 근거를 두었다며 어느 교수가 말했다 교회
가 새롭게 발전하기 위해서 누가 먼저 변화해야 하는지
설문조사를 해 보니 신부들은 주교가 변해야만 교회가
발전할 수 있다고 하고 주교들은 신부들이 변해야 한다
고 말하고 수녀들도 신부 주교들이 먼저 앞장서서 변화
의 길을 가야 한다고 말하는데 유독 신자들은 잘 모른다
다 함께 가야 한다 우리 신자들이 변해야 한다고 대답했
다 그러니까 신자들 외에는 교회 발전이 안 되는 이유를
남의 탓으로 돌리는데 자기는 변하지 않으면서 남에게
변화를 요구하는 일은 비단 교회뿐 아니라 일반 직장이
나 사회에서도 마찬가지겠지만

교회 발전이 안 되는 이유를 남의 탓으로 돌리는 주교
신부들이 매일 아침 미사를 봉헌할 때 제단 앞에서 손으
로 자기 가슴을 치며 제 탓이요 제 탓이요 저의 큰 탓이
옵니다 참회 기도를 하고 있다 그것도 세 번씩이나 가슴
을 치면서

구상 시인과 김수환 추기경

김수환 추기경이
많은 사람의 눈물을 안고 하늘나라로 갔다
이곳저곳 돌아보다 어느 강둑에서
구상 시인을 만났다

구상 시인이
낙동강 위에 하늘 낙동강이 있고
태백산 위에 하늘 태백산이 있음을 보여준다
천국에 먼저 온 시인은 추기경을 무척 반긴다
그때
소나무가 가뿐하게 날아오며
안개 같은 찻잔을 가지런히 놓는다
추기경이 놀라니까 시인이 말한다
교회 가르침이 사람에게만 치우쳐 있다는 것을
천국에 와서 알았다며 세상에는
보이지 않는 천사들이 사람들을 보호하면서
눈에 보이는 또 다른 천사들의 도움으로
사람들이 즐겁게 살아간다고 말한다
사람과 함께 숨쉬며 바람 가닥으로 이어진

동식물들이 천사임을 여기 와서야 알았다고
이승에서 시를 쓸 때에는
가끔 느끼듯 못 느끼듯 어렴풋했는데
천국에 와서 그 신비함을 알았다고 말한다

나무가 웃으며 추기경에게
감사와 환영 인사를 하자
추기경은 고맙다고 하면서 환한 얼굴로
이승에서 소나무 천사를 몰라 봐 미안하다고 하니
솔향기로 하늘님을 찬미하며
조금도 마음쓰지 말라고 한다

그러면 세상 아무도
까치가 천사이고 아카시아꽃이 천사임을 모르는데
이를 깨우쳐 주어야 한다고 추기경이 걱정하니
드물게 몇몇 시인이
동식물을 천사처럼 만나고 있기 때문에
그들은 그것으로도 기뻐한다고 시인이 대답한다
이승에서 사제를 양성하는 신학대학에

시문학 강좌를 필수과목으로 개설하지 못하여
미안하다고 하니 시인은
세상이 계속 창조되어 가고
세상이 나날이 진화되어 가니까
머지않아 그렇게 될 것이라고 말한다
함께 살아가는 사람은 하늘님이고
주위에 있는 짐승 나무 새 꽃들은 천사임을
머지않아 세상 사람들이 알게 되리라고 말한다

천국에 먼저 온 시인과 차 한잔 나누면서
잠잠한 미소를 짓는 추기경이
천국의 신비를 하나하나 매만지고 있다

제4부 바벨탑

겸손을

배우고

겸손함을 항상

등에 업고

다니려는 마음으로

문경새재 1

돌탑 위에
젊은 여자가 돌멩이 하나 얹는다
이 돌 위를 날아간 새들
백 년 전의 새들은 어디로 갔을까
나도 낙엽 밑에 깔린 돌 하나 주워 든다
위에 올리지 못하고
돌탑 아래 빈 구멍에 괴듯이 끼워 넣는다

거쳐온 세월이 하 어두워
내 삶의 한때를
아무도 모르게 뒤로 끼워 넣는 듯

여자가 돌탑에 올리고 싶은 꿈과
내가 만들어야 할 꿈을 헤아리는 사이
새처럼
나뭇잎 하나가 핑그르르 날아간다

문경새재 2

싱싱한 푸성귀
푸릇푸릇 그 위에
콩나물 그리고 된장
고추장 색깔이 상큼하다
충청도에서 올라오는 바람
경상도에서 달려오는 갈바람
비빔밥 향기로 감돈다

한가을이
문경새재에 기대어
잠시 앉아 있는 그곳
촘촘히 서 있는 나무들이
맛깔스러운 비빔밥 그릇 안에서
봄여름의 흔적들을 그리고
푸짐한 이야기들을
끌어 모으고 있다

구미에서 배를 타고

구미에서 배를 타고 태평양 가로질러
샌프란치스코에 가면 좋겠다
금문교에 축구장만한 LCD를 걸어주고
록키산맥 안데스산맥을 토닥거리며 칠레까지
남극까지 자동차로 운전하며 달리고 싶다

구미에서 배를 타고 나폴리 가서
아리랑 부르며 춤추고
전기전자제품 자랑하며 돈을 벌어
밀라노를 지나 포르투갈까지 기차 타고 가고 싶다

구미에서 배를 타고 물살 가르며
스리랑카까지 가면 좋겠다
거기서 말을 타고 반도체 깃발 흔들며
인도를 거쳐 부처님도 만나고
시베리아로 올라가 자작나무들과 함께
북극 만년 얼음으로 팥빙수를 만들어 먹고 싶다

구미에서 배를 타고 신의주에 가고 싶다
압록강변에서 그리운 형제 만나
손전화로 남과 북 온누리에
구미의 훈훈한 마음을 전해 주고
다시는 헤어지지 않기로 다짐하면서
세상 모든 산에 별을 올려놓고
세상 모든 바다를 다림질하고 싶다

갈대

혼자서 가만
노래할 때는
곧추 서 있는 빈 줄기를
살그머니 흔들어 본다

달려가는 강바람과 함께
3악장 연주에 몰입하면
넓은 갈대숲은
춤추는 관현악단이 되어
철새들의 넋을
드세게 때로는 무섭게 홀린다
이때
생각하는 갈대라는 명언을
노래하고 춤추는
열광하는 갈대로 바꾸고 싶다

잡초

독기를 뿜어내는 민초
돌멩이가 뚝뚝 눈물 흘리고
방패 끝에 찌부러진 막대기 위에
독재정권이 엎어진다
이제는
잡초들이 촛불 되어
깜깜한 거리 거리를 총총 밝힌다

아르헨티나의 아줌마들은
냄비를 두들겨
오만한 정권을 무너뜨렸다
어느 나라든 결코
잡초들은 죽지 않는다 죽을 수 없다
어둠을 몰아내려는 풀잎들
함성으로 진실을 쌓아올리는 잡풀

오늘도 낫을 들고
풀잎을 손질한다 나는
새로 돋아날 잎들의 싱싱함을 만져 보리라

지그소 퍼즐(Jigsaw puzzle)

산과 들
시골 마을의 집
나무들은 모두 퍼즐이다
구름과 새들은
하늘 퍼즐 안에서 움직이는 귀염둥이
동영상 퍼즐이다
사철 따라 대자연 퍼즐은
색깔 변하는 대로 향기도 새롭게 피어난다

아파트 숲에 들어가면 퍼즐이 무섭다
쭉쭉 곧고 날카롭다
아파트 사이에 꼭 끼어 있는 하늘이
면도날 틈에 있는 듯 소름 돋는다
사람들이 만든 퍼즐은 직선이 많다

하루 하루를
지그소 퍼즐로 꾸미는 사람들
끼워 맞추는 그림 안에서
웃음을 끄집어내는 아이들

파아란 하늘 퍼즐 안에서
동영상 구름 몇 점이 나에게 오고 있다

개나리

마음속 깊이
덮어 두었던 허물을
펼까 말까 하다가
고운님에게 보여주었다
한결 가뿐하다
하지만 많이 스스럽다

노오란 미소를
살그머니 열었지만
부끄러워 허리를 세우지 못하고
고개 숙인다

가장 비싼 땅 【사행시】

사람들의 발에 가장 많이 밟히는 땅이
제일 비싼 땅이라 한다
천사들의 발이 가장 많이 닿는 곳은
제일 어두운 죄인의 마음일 듯하다

바벨탑*

창세기부터
나뭇가지를 맘대로 꺾는 오만함이
독버섯으로 번지고
큰물에도 쓸려 내려가지 않았다
급기야
하늘 높이 탑을 쌓기 시작했다
인간의 언어가 조각조각 깨어지면서
탑을 뒤로하고 뿔뿔이 흩어졌다

조금도 수그러들지 않는 거만함은
큰 파도를 타며 무엇이든 덮치려 한다
상하이 환구금융센터 빌딩
끝없는 오만함이
욕망과 증오의 철강구조로 설계되어
일백일 층층마다 제각기 다른 언어로
이어지고 꽁꽁 묶이면서
492미터까지 올라간
정말 겁 없는 바벨탑이
지나가는 구름을 잡아당기고 있다

* 바벨탑 : 구약성경의 〈창세기〉에 나오는 탑. 노아의 후손들이 대홍수
  후 하늘에 닿는 탑을 쌓기 시작하였으나 하느님께서 사람들의 오만
  함을 꺾기 위하여 온 땅의 말을 뒤섞어 놓으시고 사람들을 온 땅으로
  흩어 버리셨기 때문에 서로 말이 통하지 아니하여 공사를 마치지 못
  하였다

로드킬(Road kill)

까만 들고양이가 찢겨
도로 옆에 엎어져 있다
뒷발 하나는 쥐포처럼 납작하고
다른 발의 발톱은 하늘 향해 날을 세웠다
대구서 포항 가는 고속도로 갓길에

핏줄이 터진
커다란 타이어 하나
가드레일에 비스듬히 걸쳐 있다
마구잡이로 쭈욱 찢긴
새까만 타이어에는 창자인 듯
철사줄 가닥들이 너덜너덜 붙어 있다

네 발짝 떨어진 곳
들고양이 주검 옆에
타이어도 죽어서 하늘을 올려다보고 있다
먼지바람에 굳어버린
검붉은 핏자국에 매달려 있던
들고양이의 칼날 같은 마지막 비명이
찢어진 타이어를 칭칭 감고 있다

사계절 【사행시】

물감들이 모여 새뜻한 향기를 만든 다음
내리꽂히는 빗줄기 사이로 빛살이 목욕을 한다
사선으로 떨어지는 기억들이 바람 따라 몰려다니는 길목
흑백 사진첩이 새로운 꿈을 키우고 있다

서울에는 안 간다

소매치기 중에
날고뛰는 치기배들은 서울로 간다
날치기도 매한가지다
뛰어난 사기꾼은 시골에서 살지 않는다
정치 좀 하는 사람 다 서울 간다
교수들도 의사들도
서울로 서울로 가려고
온갖 수단으로 몸을 비비적거린다
서울 신부
서울 목사
서울 스님은 모두
얼굴도 멀겋게 희고 목에 힘도 가득하다
거무접접한 시골 목사 시골 신부는
그 앞에 고개를 숙인다
서울서 내려온 교수가 특강을 한다면
지방 학생들이 우우 모여든다
서울은 자동차 매연으로 더러운 것이 아니라
거드럭거리는 사람들이 많아서 추한 도시다
서울 사람 모가지가 너무 뻣뻣하다고 욕하면
자기 꼬라지는 생각 안 하고 이렇게 말한다

네가 시골 살면서 서울이 버거우니까 그러는 거지
무얼 몰라서 그러는 거야

서울은 참 편리한 곳이다
서울은 가지가지 기술과 작품들이 가득하니까 너무 좋다
집도 으리으리하니까 멋있다
서울은 복작복작거리니까 사는 맛이 난다
맛있는 음식점과 신기한 술집들이 많아서
매양 신나고 좋기만 하다
그래서 사람들은 서울로 서울로 간다
촌놈이 서울서 삼 년만 살고 나면 말랑말랑하던 모가지가
자기도 모르게 탱글탱글하게 굳는다
사람은 서울에 살아야 한다고 목에 힘을 준다

다른 나라도 수도에 사는 사람이 거만하다고 하지만
유독 서울은 더 심한 듯하다
서울 본토박이는
경상도 전라도 사람이 서울 사는 것을 싫어한다
오래전에 서울 친구가 경상도 사람인 나에게
박정희 깡패 두목놈도 데려가고

명동 김수환 이새끼도 데리고 빨리 내려가라고
고함치듯 말했는데
그 캉캉한 소리가 지금도 귀에 쟁쟁하다
자기들이 먼저 추기경 되고
자기들이 먼저 대통령 될 일이지
왜 삿대질을 해 대는지 거 참
서울 사람 알다가도 모를 일이다
자기 자신은 쳐다보지 않고
늘 시골을 내려다보고 있기 때문일까

달걀 프라이를 하면
노른자위는 가운데 있고 흰자는 밖으로 감싸고 있다
서울은 노랗고 변두리는 하얗다
서울 사람은 항상 색깔을 입히지만
시골 사람은 그저 하얗다
서울 사람이 시골 사람 얕보고 욕을 해도
시골 사람은 그냥저냥 하얗게 있다

나는 노랗게 되지 않으려고
서울에는 안 간다

제5부 나무가 기다리는 것은

나무가 시라면
시가 나무라면
무엇을 기다리겠는지
어떤 노래를
불러야 하는지

나무는
많고 많은 날개를 가진
천사라고 느끼면서

미녀들의 수다* 1

저마다 색다른 눈동자로 익히는
세종대왕의 자랑스러운 작품
비뚤비뚤 그리면서도
읽기는 아장아장 아기 걸음이다
모유를 가슴우유라고 표현하는, 또
오후 삼 시에 친구 잡았다는 말 솜씨에
웃음이 흐른다
장례식장에서 본 나무 관을
시체 넣는 케이스라고 거침없이 말하는 미녀는
관의 슬픔과는 아직 먼 거리에 있다

청국장 냄새에 놀란 입맛이
향긋한 색깔의 비빔밥 앞에 손뼉 친다
난생 처음 보는 식탁 위의 가위가
삼겹살의 맛을 돋운다며 입맛을 다신다
미녀들의 눈빛 안에서 김치가 익어가고
이웃집 아저씨 작은 손길에
동네 아줌마의 보쌈 같은 인정에

울컥 솟는 눈물은

한반도의 따뜻한 정이 되어 뺨을 어루만진다

*미녀들의 수다(약칭, 미수다) : 한국방송공사의 텔레비전 방송 프로
  그램으로, 한국에 거주하는 외국인 여성들과 함께 그들의 경험 및 자
  국의 문화에 대한 이야기로 진행되는 토크쇼 형식

미녀들의 수다 2

월요일 저녁이면 나는
미녀들의 초대를 받는다
언어 눈빛 피부 머리카락
제각기 한껏 무르익은 공주들이 차린
문화와 언어의 뷔페 상을 비잉 둘러본다

큰누나 같은 따루*
예쁜 따루의 주머니 안에는
구수한 누룽지가 숨어 있을 것 같다
새색시 같아 보일 때에는
하얀 목련꽃이 된다
우리말을 거침없이 쏟아붓지만
핀란드의 눈송이처럼 늘 산뜻하다

기린의 눈 아니면 송아지의 눈일까
아직도 아기 눈을 가진 다라*
캐나다의 말끔한 숲길을 걷다가
마악 이곳에 온 듯한 다라는
두 눈을 깜박이며 이웃집 아줌마에게 말한다
강아지 입 다물게 해 주세요

수련꽃 에바*는
미수다의 시조라고 자랑한다
동양 아가씨로 보이는 영국 미녀 에바의 눈웃음 안에
한반도의 깊은 사랑이 잠겨 있고
재치있고 원조다운 말솜씨
방청객들에게 웃음 다발을 선사한다

어느 날 내가 복권의 운을 잡으면 당장
미수다의 모든 미녀들을 집에 초대하여
현미밥 삼겹살 떡볶이 청국장 묵은김치 상추 깻잎 우거
지국
비빔밥 곱창 소주 막걸리 닭고기 쑥갓 미역국 된장찌개
김치전 풋고추 생마늘 어묵 쌈된장 파전 콩나물 도라지
산나물
김밥 떡라면 무말랭이 김 식혜 송편 수제비 곰국 참기
름 고추장
삼계탕 쑥떡 인삼차 만두 동치미 갈비탕 떡국 한과 호
박죽 엿
찐감자 오이김치 군고구마 동태찌개 불고기 빈대떡 호

떡 붕어빵

  더덕구이 유자차 순두부찌개 잡채 부추전 라면 시금치
장아찌

  육개장 멸치볶음 달걀말이 가지 열무김치 두부 전복죽
버섯전골

  갈치조림 꽃게탕 수정과 냉이 오징어튀김 쌈밥 김치찌
개 해물탕……

  가득가득 푸짐하게 차려

  어느 나라 미녀가 제일 많이 먹는지 보고 싶다

* 따루 살미넨(Taru Salminen : 국적~핀란드)
* 다라 맥켄지(Dara Mckenzie : 국적~캐나다)
* 에바 포피엘(Eva Popiel : 국적~영국)

사랑하게 되면 【사행시】

눈을 가려도 훤히 보인다
귀나 코를 막아도 향기로 들린다
사랑을 느끼게 되면
감각기관들이 하나 되어 직감으로 파고든다

만리장성

동으로 천 리가 보이고
수백 리 길이 서쪽으로 누워 있다
숨가쁘게 올라온 성곽의 정상

치솟아 올라오는 먼지 바람을 안고
많은 민족들이 쳐들어 올라왔다
장성을 넘어 들판으로 내려갔다
강변으로 치달았다
정복자의 칼날 끝에 눈살이 꼿꼿하고
승자가 온 땅을 호령한다 그리고 잠시 후
위세 당당 떨치던 영웅은 구름 따라 흘러간다
수천 년 동안 말발굽이 자국을 남기고
그 자국 위에 다른 말발굽들이
흔적을 지우고 지워가며
더 큰 자국을 남겼다

태양 아래 새로운 것이란 없다*
라는 수천 년 내려온 말처럼
오늘 여기서는

장성의 돌들이 말한다
산 아래 새로운 나무가 없고
산 위에 새로운 바람이 없다고

*구약성경 〈코헬렛〉 1장 9절

아담의 뇌세포

에덴동산의 반란은
먹을거리 때문에 시작되었다
새빨간 뱀의 눈웃음 앞에
하와가 자빠지고 맥없이 아담도 무너졌다
무어든 가지려는 욕심이 손에 착 달라붙고
손아귀로 잡은 것을 잃지 않으려고
입속으로 집어 넣을 때까지 성깔을 부린다
하늘까지 먹어치우고 싶은
그래서
아담과 하와는
서로 먹고 먹히는 사랑을 하면서
아들딸들을 낳았다

하와가 뱃속에 첫 아기를 키우면서
아담이 심어준 뇌세포를
두 눈썹 사이에 붙여 두었다 그래서
눈에 보이는 대로 다 집어삼키려는 욕망
끝없는 그 욕심은 하늘로 치솟아
무어든 자기 원하는 대로
이루어지는 힘을 키우려고 발버둥친다

아담의 뇌세포는 대물림하여 오늘에 이르고
아들딸 손자들에게 이어지고 이어갈 것이다
140억 개 뇌세포
그중 딱 하나는
유전인자처럼 양미간 안쪽에 자리잡고 있다
그 뇌세포는 하늘님이 되려는 아담의 갈퀴눈이다
늘 대장노릇하려고 설치는 아담 세포는 지금
모든 사내들의 모가지를 깡깡하게 만들고
오늘도 모든 여자의 입술과 눈동자를 호리고 있다

나무가 기다리는 것은

시원한 바람이 아니다
가지에 앉아 노래하는 새도 아니다
상큼한 빗줄기도 애써 기다리지 않는다
그늘을 찾는 나그네도 아니다
나무가
정작 기다리는 것은
목심(木心)까지 뚫어보는 눈길이다
그리고
수액(樹液)을 붉게 데우는
심연(深淵) 같은 긴 아픔이다

글자들이

글이 바르게 일어서면 길이 열리고
글자가 다른 글자와 하나 되면 생명의 싹이 돋는다
글이 빛 속에 들어가 녹으면 사랑으로 변하며
글자가 향기를 품으면 아름다운 시가 된다

구두 수선집

대구 북구 칠곡성당 입구
구두수선
구두딱음이라 쓰인
공중전화 부스만한 집이 있다

화가 난 체육 교사가 구둣발로
선수들 궁둥이를 올려찬다
그 따위 시합에 왜 졌냐고
얻어맞은 아이들은 강아지를 발길로 걷어찬다

사내들의 지갑을 홀리려고
굽높이만큼
엉덩이 높낮이를 좌우로 우좌로 퉁기는
아가씨가 주점 쪽으로 또각또각 걸어간다

구두에 헝겊을 칭칭 감아
남의 집 담을 넘어 들어간다
밤손님은 소리부터 죽이면서 손목 힘을 조절한다

묵직한 군홧발이 총알을 뿜으면서
주검들을 밟고 돌진하는 전쟁영화를 본다
영화가 끝나고 극장을 빠져나오자
사흘 동안 오던 비가 그치면서
말끔한 하늘이 내려오고 있다
구두 수선집에 간다
더러워진 구두를 벗어
구두 집 할아버지 앞에 놓아 둔다

오늘 구두 수선집은
성당의 고해소로 변하고 있다*

*고해소 : 천주교회의 고해성사 때, 세례 받은 신자가 지은 죄를 신부
 에게 고백하는 곳

사막 수도원

누가
사막에 수도원을 세우면 좋겠다
챙이 널따란 모자를 쓰고
멀리 모래산을 바라보며
기도 한 번 바친 다음
한 그루 나무를 심는 수도자들이
여러 나라에서 모여들면 좋겠다

밤에는 수도자들이
모래 더미에 둘러앉아
하늘에서 내려오는 별들과 함께
허밍 코러스로 감사기도를 바치면서
사막을 향긋한 정원으로 꾸며나가면 좋겠다

성탄절에는
겨우 일곱 뼘 자란 나무에 별을 달고
하얀 크리스마스 캐럴을 부르며
모래 위에 산타 할아버지를 그리는 수도자들이
자기 고향으로 크리스마스 카드를
많이 보내면 좋겠다

어린 나무들을 가득 가득 보내 달라는 편지도
많이 보내면 좋겠다

부활절에는
수도자들이 낙타를 타고 노래 부르면서
모래 위에 갓 심은 어린 나무들에게
사람 키만큼 자란 나무들에게도
부활 축하 인사를 하고
물을 듬뿍듬뿍 뿌려주면 좋겠다

사막에 세워진 수도원이
모래알처럼 반짝이는 끝없는 기도로
수많은 희생으로
큰 나무 울타리가 서고
그리고 싱싱한 나뭇가지들이 만들어내는
시원한 바람과 새들의 노래가
온 사막으로 번져 나가면 좋겠다
모든 언저리가 찬미기도로 가득 차고
소문 듣고 찾아오는 어른들이
엽서 보고 찾아오는 아이들이
점점 많아지면 정말정말 좋겠다

브이(V)

자신이 붉은 단풍나무인 양
착각해도 좋은 날
화사함과 하늘거림
줄곧 사진 찍기 바쁘다

불타는 단풍잎들 배경 삼아
카메라 렌즈를 쳐다보며
한 여자가 손가락으로 브이를 하니까
너도나도 브이 손가락을 세운다
승리
다섯
자작(子爵)
존경
목소리
어떤 의미라도 좋다
오늘은 붉은 단풍을 입으면서
가을 안으로 푸욱 빠지면 된다

뒤에 서 있는 단풍나무는
처음부터 브이로 자라고
브이로 하늘을 향하고
수많은 브이로 바람과 노니는데
이를 아는 사람은 없다

등에 업힌 엄마

이십여 년 전
대구 파티마병원 중환자실에서
집에 가자
집에 가자
하던 어머니
끝내 응급차로 집 앞에 도착했다
대문에서 안방까지 등에 업혀 들어왔고
하루 못 넘기면서 이승의 옷을 벗었다

신나뭇골 성지 옆 산
흙 도배방
흙 장판
흙 이불을 덮어 드렸다

오늘도
내 등이 무겁직하고 눅눅하다
강산이 두 번 변하였지만
흙 이불이 차갑다며
등에 업힌 어머니는 내려가지 않는다

첫날부터

거꾸로 걸친 안경

나는 안경을 거꾸로 쓴다 안경 뒷다리가 귀밑을 눌러 아팠는데 어느 날 거꾸로 걸쳐 보니 아프지 않고 그런대로 편했다 안과 의사는 안 된다고 한다 두 눈의 시력이 다르기 때문에 더더욱 안 된다고 말하지만 나는 눈동자들에게 너희들이 알아서 조절하기 원해 미안해 하면서 늘 거꾸로 쓴다 사람들이 두 번 세 번 쳐다본다 전철에서 한 초등학생은 이상한 눈초리로 자꾸 보더니 안경이 거꾸로 되었다고 일러주기도 한다 어느 시인이 안경을 반대로 쓰는 이유가 있느냐고 묻기에 나이 많아서 시 공부를 하다 보니 젊은 사람들 따라잡기 힘들어 사물을 거꾸로 보면 시가 잘 나올 것 같다는 농담을 하였더니 시 공부하는 자세로 보아 제법 말이 된다며 웃었다

어쩌다 편하게 느껴 안경을 거꾸로 쓰지만 시 공부에는 사물을 뒤집어 보는 것보다는 사물을 투시하는 노력이 더욱 중요함을 깨달으면서 요즘 사람 내의까지 보는 국제공항의 특수 카메라보다 더 깊은 내면을 투시하는 능력을 갖고 싶은 마음 간절하다 시를 위하여

오빠 오빠

중국 항주 서쪽에 있는 서호는 중국의 명승지이다 잔잔한 물결 위로 피어나는 물안개는 오늘도 수많은 사람들을 불러모은다 장난감 주전부리 인형등 기념품들이 울긋불긋 가득한 가게 앞에 서서 생각한다 왜 중국인들은 붉은색을 좋아할까 전문가에게 언젠가는 꼭 물어보아야지 그때 두 아가씨가 알아들을 수 없는 중국말로 또랑또랑 열심히 물건 사기를 권한다 아무런 반응 없이 물끄러미 구경하고 있는데 한 아가씨가 나를 빤히 쳐다보며 손가락으로 구슬 팅기듯 작은 목소리로 오빠 하고 부른다 그 말에 놀라 빙긋 웃었더니 그제야 두 아가씨가 더 큰 소리로 오빠 오빠 오빠 오빠 하고 부르면서 물건 사라고 손짓 발짓을 한다

이놈의 오빠라는 말이 여기까지 날아왔구나

서호에서 오빠 오빠를 중국 아가씨 입으로 듣게 되니 텁텁한 느낌이 들다가도 그저 웃을 수밖에 없었는데 그때 한 줄기 바람이 헤헤거리며 오빠 옆구리를 지나 호수 안쪽으로 날아가고 있다

2008년 12월 7일

영하 7도
칼칼한 아침
이층 거실에서 양말을 신는다
개가 크게 짖는다
대문이 없는 내 집
아무나 불쑥 자동차로 들어온다
여느 때와 달리 오늘 아침 갑자기
개 짖는 소리가 머얼리 들린다
이명(耳鳴) 때문일까

나이가 일흔으로 달아나니까
소리마저 멀어진다
내가
내 집에 있지 않고
건너편 언덕 위에 서 있는 듯

소리 밖에서
소리 안을 쳐다보는 이 아침

심부름 【사행시】

공수래공수거(空手來空手去)
아니다 우리는
하늘에서 잠시 내려온 심부름꾼
무언가 들고 하늘님께 되돌아가야 한다

덧거리 글

시로 쓰고 싶었던 것을

아직 능력이 모자라서

시로 꾸미지 못하고

덧거리 글이란 이름으로

모았습니다

뒤에 쓰는 글

시집 뒤에는 해설 또는 시인의 사상이나 작품의 의미를 적습니다 주로 선배 시인이나 스승 시인이 적어주는 것으로 압니다만 저는 이러한 것을 전혀 원하지 않습니다 작년에 펴낸 책에는 어쭙잖게 보이기 싫어 그런가 보다 하고 주위에서 하는 대로 묵묵히 있었습니다 어느 부분은 제 뜻이 아니였습니다 작년에 펴낸 어머니하느님이란 책은 제가 앞으로 시를 쓰는 사람이 되기 위해 노력하겠다는 고지의 책이었고 시 같은 글이 열 편 정도 될까 말까 하는 부끄러운 책입니다 그래도 어머니하느님 책이 시집으로 취급된다면 그 책은 0시집이 되고 올해 펴내는 창세기 55장 9절이란 책은 아직 많이 서툴지만 저의 제1시집이라고 말하고 싶습니다 이 책을 펴내는데 도와주신 분들에게 깊이 머리 숙여 감사드립니다

시 공부

　제가 숫자 4를 좋아해서 왜관우체국 사서함 44호를 개설하고 수시로 열어 보아야 하기에 왜관에 자주 갑니다 그런데 2006년 늦봄 어느 날 구상문학관에서 시 창작 교실이 개설된다는 현수막을 보고 곧바로 찾아가 수강신청했습니다 2006년 여름 가을 구상문학관에서 시 공부를 열심히 했습니다 그 다음해에도 시 공부를 계속하였고 그리고 2008년에는 세 번째로 구미1대학 평생교육원에서 시 창작 강의를 들었습니다 이렇게 시 공부를 하였지만 나이 탓인지 많이 힘들고 서툴러 스스로 실망할 때가 자주 있습니다 박춘식이라는 사람은 시인으로 죽었다 하는 말을 듣고 싶은 것이 저의 마지막 원이라고 말하고 싶습니다 그리고 시 공부하면서 기성 시인들의 자신만만한 자세를 보거나 기득권을 누리는 시인들이 칼 자루 흔드는 소리를 들었을 때 여기도 다른 세계처럼 기득권 또는 선후배 또는 권력적인 모습이 대단하다는 것을 느꼈습니다 그래서 저는 절대로 나서지 말고 숨어서 시를 쓰는 사람이 되어야겠다고 결심하였습니다 천만다행으로 저는 남 앞에 나설 만한 실력도 없기에 늘 밑바닥에서 시 공부 열심히 하려고 합니다

시인의 눈

시인의 눈은 투시력이 강해야 한다는 생각을 자주 합니다 모든 시인들은 이러한 눈을 가졌는데 투시력의 강도가 다를 뿐이라고 생각합니다 아주 훌륭한 시인의 눈은 투시력도 매우 강할 뿐 아니라 깊이의 정도에 따라 넓이도 크기 때문에 다른 사물과 곧바로 연계짓는 놀라운 능력까지 갖추고 있다고 봅니다 이러한 깊은 눈과 넓은 눈을 가지기 위하여 어떤 노력을 해야 하는지 요즘 골똘히 생각하고 연구하고 있습니다 몇몇 시인들이 시와 열애를 하라 또는 시에 미쳐라 하는 말이 예사말이 아님을 자주 자주 느낍니다

시와 물결

시를 물과 비교하여 자주 생각해 봅니다 세상의 모든 시가 물 같다는 생각도 자주 합니다 어떤 시는 단순하고 깨끗하게 느껴지는데 그때 작은 그릇에 담겨 있는 맑은 물처럼 느껴집니다 아주 어려운 시는 바다 저쪽에서 물결치면서 저와는 거리가 멀리 떨어져 있는 파도처럼 보입니다 두 번 세 번 읽어야만 맛이 나는 시는 맑은 시냇물 같고 고

기들이 신나게 오가는 모습이 보이기도 합니다 어떤 시는
호수 같고 어떤 시는 강으로 보이기도 합니다 물의 모습이
다양하듯 시의 모습도 시의 느낌도 매우 다양하여 놀라울
때가 있습니다 제가 쓰는 시가 모양은 항상 다르더라도 그
물이 늘 맑았으면 하는 욕심을 부려 봅니다

구상 시인의 강의

제가 구상 시인을 개인적으로 만난 적은 없습니다 어느
해인지 구상 시인이 왜관에 와서 특강을 한다기에 참석했
습니다 김소월의 산유화 시로써 우리 삶과 시적인 정서를
풀어나가는데 저는 큰 감동을 받았습니다 얼마 후 제가 전
문대학 교양강좌 시간에 소월의 산유화를 구상 시인의 강
의를 모방하고 또 제 생각을 조금 붙여가며 나름대로 열심
히 준비하여 강의를 했습니다 200여 명 되는 학생들의 표
정이 시큰둥하여 오늘 강의는 망쳤구나 생각했습니다 추
욱 늘어진 기분으로 연구실로 가는데 한 여학생이 쫓아와
오늘 강의가 무척 좋았다고 인사를 하기에 고맙다고 말하
고 혼자 생각했습니다 오늘 김소월 산유화는 딱 한 학생만
을 위하여 피어났구나 망가진 줄 알았던 강의가 그 학생의
말로써 작은 향기를 풍겼구나

지게막대기

　로마 가톨릭교회의 가르침에 의하면 사람이 구원받기 위해서는 세례를 받아야 하며 세례 곧 성세성사를 받는 사람은 모든 죄가 없어지고 생명의 은총을 받게 됩니다 생명의 은총으로 하늘님의 자녀가 되면 그 영혼 안에 하늘님이 살아 계십니다 그러나 큰 죄를 지으면 생명의 은총을 잃게 되어 하늘님과 등지게 된다고 가르칩니다 신앙생활에 힘쓰며 일요일마다 성당에 다니는 신자들은 늘 하늘님을 모시고 살며 하늘님의 손을 직접 잡고 살아갑니다 아이들이 엄마 손을 잡고 가는 것과 같습니다 그런데 신부생활을 스스로 그만둔 저는 믿음을 버린 것이 아니기 때문에 하늘님을 버릴 수가 없고 어떤 때는 하늘님을 간절히 부르지만 하늘님의 손을 잡을 수는 없습니다 생명의 은총이 없기 때문입니다 아무리 큰 죄인이라도 하늘님을 멀리서나마 바라볼 수 있고 그리고 죄인을 사랑하시는 하늘님 역시 죄인들을 항상 쳐다보고 계신다고 교회는 말하고 있습니다 하지만 교회 가르침에 의하면 저는 하늘님의 손을 잡을 수가 없습니다 그래서 어느 날 저는 하늘님에게 말씀드렸습니다 저는 큰 죄인이니까 또 교회의 가르침대로 하늘님 손을 잡을 수가 없지만 막대기로써 하늘님을 잡으면 되지 않겠습니까 하며 겁도 없이 하늘님에게 막대기를 드렸습니다 그러니까 하늘님이 웃으시면서 그래 나는 막대기 이쪽 끝을 잡을 터이니 너는 그쪽 끝을 항상 잡고 있거라 하고 말씀하셨습니다 어느 날은 막대기 잡는 것도 힘이 들고 또 어느 신부 수녀 주교는 너 같은 사람은 막대기로 하늘님을 잡는 것도 안 된다고 말하였지만 저는 용기를 내어 한 가지 더 좋은 생각을 했습니다 지금까지 사용하던 막대기 대신 하늘님에게 지게막대기로 바꾸어 드렸습니다 그리고 항상 힘이 가득하신 하늘님은 지게막대기 끝을 잡으시고 저는 두 갈래로 갈라지는 지게막대기 위를 잡으니까 한층 힘있게 잡게 되었습니다 하늘님과 제가 지게막대기를 잡고 살아온 지 30년이 지난 오늘 막대기가 너무 자연스러워져서 하늘님 손은 다섯 손가락이 아니라 두 손가락으로 착각하며 느긋하게 살아가고 있습니다 제가 하늘님의 손가락이 두 개라고 말한다면 혹시 또 어느 주교나 신부가 권위 가득 인상을 쓰며 저놈은 불경스러운 놈이다 하고 말할 수도 있을 성싶지만 이제는 그런 말에 조금도 개의치 않기로 했습니다

겸손이라는 보물

제가 신부생활할 때 얼마나 거만했는지 여러 사람이 말해 주었습니다 너무나 부끄러워 겸손이나 오만에 대한 말을 하기가 참말로 쑥스럽고 창피합니다 그런데 요즘은 제가 누구에게나 겸손하라고 말을 합니다 제가 아무나 보고 겸손하라고 말을 하는 이유는 두 가지입니다 하나는 제가 제 입으로 남에게 겸손하라고 말을 하면 제가 스스로 겸손해지려고 노력하지 않을 수 없고 둘째 이유는 사람은 누구나 겸손해야 하기에 상대방에게 겸손에 대한 덕목을 한 번 더 강조하는 기회가 되기 때문입니다 환속한 사제가 다른 환속 사제의 결혼식에 주례를 선다는 것은 참 재미있는 일입니다 저는 환속한 사제의 결혼식에 두 번이나 주례를 섰습니다 몇 해 전에 젊은 사제가 환속하여 결혼하면서 저에게 주례를 부탁했습니다 기꺼이 갔습니다 하객들이 모두 천주교 신자이기 때문에 에 에 엥 하는 주례사를 하지 않고 아예 강론을 하였습니다 강론 같은 주례사 중에 겸손에 대한 내용이 나왔습니다 신랑 신부에게 겸손을 강조하고 또 강조하다가 저도 모르게 불쑥 이러한 예를 들었습니다 어느 정도 겸손해야 하는가 하면 아침에 출근하려고 집을 나서는데 이웃집 강아지가 보이면 먼저 그

강아지에게 가다가서 절을 하며 인사할 정도로 겸손해야 한다고 말했습니다 주례를 마치고 돌아오는 길에 생각했습니다 이웃집 강아지에게 먼저 절하라고 한 말이 너무 지나치지 않았나 하고 걱정하였습니다 이미 말한 것을 지금 후회한들 소용 없지 다만 그런 엉뚱한 예를 들었으니 쉽게 잊어버리지는 않을 거야 하고 스스로 위안을 삼기로 했습니다 누구든 겸손이란 보물의 진가를 알게 되면 그 사람은 반드시 성공하리라고 저는 확신합니다

덧거리 글 8
하늘마마

저는 신부 그만두고 기도에 대하여 고민을 많이 했습니다 기도를 할 수 없고 도저히 기도가 되지 않았습니다 어느 날 이웃집 꼬마가 시장 간 엄마를 부르는 데 엄마 엄마 엄마 엄마 하고 연신 부르는 고함 소리를 듣고 하늘마마를 그 아이처럼 부르기 시작했습니다 하늘마마는 제가 성모님을 부르는 호칭입니다 하늘의 어머니가 하늘 엄마로 변하고 그리고 하늘 엄마가 하늘맘마 하늘마마로 변하면서 제 기도가 되었습니다 제가 살아온 체험으로 말씀드리면 천주교 신자이든 다른 종교를 믿든 아예 신앙이 있든 없든 상관 없이 누구든 하루에 하늘마마를 사천 번 이상 부르면

반드시 성공하거나 큰 변화를 가지게 됩니다 하루에 칠천 번 이상 부르면 놀라운 기적이 일어날 것입니다 이 사실은 제 경험을 바탕으로 자신있게 말씀드리는 것입니다 하루에 하늘마마를 사천 번 이상 부르면 반드시 무언가 이루어집니다 한 가지 작은 예를 들겠습니다 잠이 잘 안 올 때 당장 눈 감고 하늘마마를 계속 천천히 불러 보시기 바랍니다 아침에 일어나면서 하늘마마가 참 좋은 수면제였구나 할 겁니다

오만함이 만든 십자가

제가 겸손해지려고 많이 노력하지만 아직 오만한 마음이 가득할 때가 있습니다 조금 미안한 말이지만 신부들을 만나면 제 피부가 근질근질해집니다 되도록 피하고 싶어집니다 신부들에게서 거만함이 강하게 느껴지기 때문입니다 저는 자나깨나 거만을 피하고 싶은데 거만함이 달라붙으려고 하면 피부가 먼저 욱신거리는 듯합니다 아담이 물려준 오만함이 얼마나 무서운지 간단하게 아는 방법이 있습니다 십자가를 보면 바로 알 수 있습니다 하느님을 못 박아 죽이는 것이 오만함이기 때문입니다 오만함은 또다른 십자가를 만들 수 있습니다 제가 환속한 것을 하느님

에게 진정으로 감사할 때가 있습니다 바로 겸손함을 일깨
워 주실 때입니다 제가 환속하지 않고 아직까지 신부로 살
았다면 저의 오만함이 극에 달하였으리라 여기기 때문입
니다 제가 아직도 신부로 산다면 제 모가지가 수천 마리 사
자의 모가지를 묶어 놓은 듯할 겁니다 그리고 손모가지도
발모가지도 하도 뻣뻣하여 제 걸음이 아마도 성경에 나오
는 예루살렘 성전의 대사제 모습 같을 것입니다 상상만 해
도 끔찍합니다

덧거리 글 10
춘식이는 촌식이다

제가 신학대학에서 공부할 때 몇몇 서울 학생들이 저를
만만하게 보고 제 이름 춘식(春植)이를 걸핏하면 촌식(村植)
이라고 불렀습니다 시골서 올라왔다고 놀리는 것인데 기
분이 나빴지만 싸울 수는 없었습니다 마음이 약한 탓도 있
지만 신부 될 사람이 싸울 수 없다고 생각했기 때문입니다
그래서 저는 항상 저 자신을 촌놈이라고 생각해 왔습니다
그런데 서울 사람보다 시골 사람들이 더 많이 성공하는 것
을 보고 서울 사람 부러워할 필요 없다고 생각하니 한결 마
음의 여유가 생겼습니다 저는 오래전부터 서울을 싫어했
는데 다른 이유보다 공기 더럽고 시끄럽고 너무 복잡하기

때문입니다 제가 이민을 가더라도 그 나라 수도 근처 시
골로 갈 것입니다 어쩌다 볼일로 서울 가면 이 시끄러운
데서 복작거리며 사는 서울 사람들이 참 신기하고 불쌍하
게 보이면서 서울 사람들의 목구멍과 허파가 참 대단하다
는 생각이 듭니다

기발한 생각들

저는 어려서부터 엉뚱한 생각을 잘 했습니다 서울서 소
신학교인 고등학교를 다닐 때 친구가 저보고 돈키호테라
고 부르기도 했습니다 요즘도 엉뚱한 생각을 잘 합니다 국
수집을 차리는데 딱 세 가지 국수만 파는 집으로 간판을
갈국수 칼국수 깔국수 이렇게 멋있게 표기하여 걸어 두면
사람들이 호기심으로 많이 찾아올 것입니다 이미 두 분에
게 이 아이디어를 주면서 장사가 잘 되면 수입의 100분의
1을 주기 바란다고 말했습니다 그리고 이런 생각도 했습
니다 한글이 아주 과학적이고 정말 좋은 글인데 국제적인
흐름을 감안하여 이중모음 중 까다로운 것을 단순하게 만
들고 리을 자음도 디귿 글자의 거꾸로 된 모양으로 간단
하게 만들어야 합니다 리을을 디귿 거꾸로 모양으로 바꾸
면 를이란 글자에서 가로로 일곱 줄 그어야 할 것을 다섯

줄 그어도 됩니다 먼 앞날을 생각하여 간소하게 바꾸어야
한다고 저는 주장합니다 우리 한글의 글자 모양이나 발음
을 최대한 간소하게 바꾸면 다른 나라 사람들이 한글을 더
욱 편하게 배우고 사용할 수 있기 때문입니다 세계의 언어
들이 컴퓨터 안에서 충돌하고 호기심 또는 비교 연구 대상
으로 변모하면서 발음이나 모양이 점점 단순해지리라 생
각됩니다 이해하기 쉬운 말의 사용 빈도가 높아지고 언어
의 혼용이 증가할 것입니다 제 짐작에는 중국의 한자도 머
지않아 또다시 더 간소화될 것 같습니다 글자가 복잡하면
의사소통이 더디고 남보다 빨리 전달하지 않으면 항상 남
의 뒤를 졸졸 따라다녀야 하기 때문입니다

용서하는 날

용서하는 일은 참 어려운 일입니다 가톨릭 교회의 많은
영성가들의 말을 대충 종합하여 볼 때 진정으로 용서하려
면 예수님이 도와주셔야 한다고 합니다 그만큼 어려운 것
이 용서입니다 그만큼 어려운 것이라면 그만큼 소중하다
는 의미입니다 용서는 사랑이고 용서는 철저히 겸손해야
만 가능하다고 봅니다 서로 사랑하라고 강조하기 전에 서
로 용서하는 행동이 앞서야 한다고 생각합니다 김수환 추

기경께서도 용서에 대해 자주 말씀하셨다고 합니다 김수
환 추기경께서 매달 4일을 용서하는 날로 정하고 돌아가
셨더라면 얼마나 좋았을까 하고 저 혼자서 생각해 봅니다
지금이라도 어느 작은 교구에서 먼저 매달 4일을 용서의
날 즉 용서청하고 용서하는 날로 정하여 모두 실천하고 노
력하기를 기원해 봅니다 사순절 동안 즉 3월이나 4월의 4
일 되는 날은 용서를 위한 교구적인 신심 행사를 하는 것
도 좋다는 생각을 해 봅니다

티베트 불교

티베트의 불교를 원형 그대로 보존하면서 연구하여 정
신세계의 더욱 폭넓은 분야를 찾기 위해서라도 저는 티베
트의 독립을 원하고 있습니다 정치적인 상황은 저에게는
다른 문제이고 문화적인 면에서 볼 때 티베트는 반드시 독
립해야 한다고 생각합니다 중국이 티베트 불교를 소중하
게 보호한다고 말한다면 그 말을 믿을 사람이 많지 않을
것입니다 중국이 티베트를 지배하면 티베트 국민들이 자
기들 불교를 독립에 이용할 것이라고 핑계 대며 중국이 드
러나지 않게 티베트 불교를 변질시키지 않을까 하는 걱정
도 일어납니다

덧거리 글 14
미국의 흑인 대통령

혹인이 대통령 되었을 때 저는 주위 사람들에게 천주교회가 미국한테 크게 한방 얻어 맞았다 하고 말했습니다 로마 교황으로 흑인 교황이나 황인종 교황이 먼저 나온 다음에 미국에 흑인 대통령이 나왔다면 천주교회가 앞서간다고 할 수 있지만 이제는 몇백 년 차이로 미국이 천주교회를 앞질러 가고 있다고 말했습니다 덧붙임 교황 교황 교황이라는 단어를 사용할 때마다 껄끄러운 것은 왕중왕 또는 황제라는 의미 때문인데 빨리 다른 용어로 바꾸면 좋겠습니다

덧거리 글 15
두 가지 체온

만약 지구에 사는 사람들 중에 체온이 36도인 사람이 있고 또 절반 정도는 체온이 26도라면 어떻게 될까 하는 고민을 오래전부터 하여 왔습니다 10도 차이의 체온으로 발생하는 문제나 어려움이 얼마나 많을까 걱정하기도 했습니다

시 창작 강의

　시에 대한 공부를 잘 하는 가장 좋은 방법은 시 창작 강좌를 주관하여 가르치는 것입니다 가르치려면 자신이 먼저 알아야 하니까 공부를 하지 않을 수 없습니다 한 시간 강의를 하기 위해 네 시간씩 일곱 시간씩 준비를 하면 많은 지식을 얻게 될 것입니다 만약 저에게 이런 기회가 온다면 수강자들과 같이 공부하는 자세를 가질 것이며 아울러 시의 이론보다 시를 위한 주변 학문에도 깊은 관심을 기울이도록 이끌어 갈 생각입니다 철학적인 기초 지식과 동서고금의 사상을 잘 정리한 책들을 읽도록 권고하고 또한 성경 논어 불경을 꼭 읽어야 한다고 강조할 것입니다 제가 시를 써 보니까 독서가 얼마나 중요한지 저절로 깨닫게 되어 어디 가든지 책을 가지고 가게 됩니다 그리고 시인들의 강좌에 열심히 참석하면서 저 자신을 위하여 많은 지식을 쌓아가려고 합니다 만약 저에게 기회가 온다면 시를 신앙적인 내용과 연계해 보는 강의도 준비할까 합니다 그런데 선배 시인들에게는 시건방지고 가소롭다는 말을 틀림없이 듣게 될 것 같아 조심스럽고 두렵기도 합니다

눈물 흘리며 쓴 시

제가 시를 쓴 지 몇 해 안 되면서 이런 말을 하면 많은 선배 시인들이 웃을지 모르겠지만 눈물을 흘리며 쓴 시가 저에게는 두 편 있습니다 많은 시인들이 이러한 경험을 하리라는 생각도 들었습니다 추기경 김수환 그리고 성인 김대건이라는 시입니다 그리고 보니 두 분 다 김씨여서 재미있고 김대건 성인은 우리나라 첫 사제이고 김수환 추기경은 우리나라 첫 추기경이라는 점이 또 재미있습니다 명동 성당에 누워 있는 김 추기경을 텔레비전 화면으로 보며 시를 쓰다가 저도 모르게 눈물이 주르르 흘렀습니다 그리고 중국 상해 쪽으로 성지 순례를 하면서 김대건 성인이 성품성사 받은 성당과 첫 미사를 봉헌한 성당을 다녀오던 길 관광버스 안에서 김대건 성인 시를 쓰다가 또 눈물이 주르르 흘렀습니다 많은 시인들이 은사나 가족들을 위한 시를 쓸 때 틀림없이 눈물 흘렸으리라고 봅니다

모두 시인같이

어떤 분이 텔레비전에 나와서 자기는 죄가 많다고 했습니다 자신의 죄 많음을 이렇게 표현했습니다 죄가 산봉우리가 되었습니다 아래가 안 보일 정도로 죄가 높은 산같이 쌓였습니다 저는 이 표현이 시 구절 같은 좋은 표현이라고 생각했습니다 그리고 그 표현이 바로 저의 죄 많음과 같다고 생각했습니다 저는 죄가 많아 그 죄가 큰 산을 이루었습니다 저의 모든 죄를 모아두니까 아주 큰 산이 되었습니다 언젠가 이 산에 죄를 해결해 주실 분이 등산하여 이 높은 산을 낮게 만들거나 없애기를 빕니다 광고 글이나 신문 기사 제목에서 시적인 표현이 자주 자주 눈에 띕니다 모든 사람이 모두 시적인 표현으로 말한다면 백 년 뒤에는 시인들이 상징이나 비유 없이 가장 평범한 글로써 있는 그대로 무얼 표현하여도 좋은 시가 되는 날이 오지 않을까 하는 생각이 듭니다

토지 박경리

2006년 8월 11일 안동 가는 고속도로 동명휴게소 식당에서 소설가 박경리를 보았습니다 인사를 하려다 생각을 바꾸어 제 앞을 지나가는 한 아가씨에게 토지의 박경리를 아느냐고 했더니 안다고 하기에 지금 저 식당에 있으니 한번 가 보라고 일러주었습니다 확인 겸 그 아가씨를 보냈습니다 멀리서 보니까 그 아가씨는 박경리 소설가에게 인사하고 뭐라고 신나게 이야기도 하였습니다 조금 뒤 그 아가씨는 저에게 고맙다고 말하고 신바람 나서 사라졌습니다 텔레비전에 잠시 나온 박경리를 제가 알아보았고 아가씨를 통하여 확인까지 했습니다 유명한 가수였다면 사람들이 몰려갔을 터인데 유명한 소설가는 가수보다 못하다는 생각을 하니 마음이 조금 무거웠습니다 그러나 문학을 좋아하는 이들에게는 소설가나 시인 한 명이 가수 백 명보다 낫다는 생각을 하면서 무거운 마음을 벗어 던졌습니다 식당 밖을 나온 박경리는 담배를 잠시 피우고는 즉시 일행과 함께 승용차를 타고 안동 쪽으로 떠났습니다 담배를 피우는 박경리 할머니가 조금은 외로워 보였습니다

언어의 놀라운 신비

어릴 때 부모님의 엄한 가르침으로 욕 한 번 못해 보고 자랐습니다 어쩌다 일부러 욕을 해 보면 어색하고 찜찜한 느낌이 듭니다 고등학교 대학교 교육을 받으면서 어떤 때는 그저 그렇게 되는대로 생각하기도 했지만 말 한 마디 글자 하나하나가 얼마나 소중하고 신비스러운지 놀라는 때도 있었습니다 대학생 때부터 동화를 쓰면서 단어 하나하나가 살아 있다는 것을 깨달았습니다 언어 학자들이 말하는 언어의 기능이나 특성을 배우지 않더라도 우리는 일상생활에서 많은 말을 하면서 말의 힘과 말의 편리함을 알게 되고 또 말 잘하는 법과 말 실수하지 않기 등을 배우기도 하고 체험하기도 합니다 요즘 시를 쓰면서 말의 소중함을 깊이 느끼게 되어 모든 단어 하나하나를 다시 보게 되었습니다 요한복음에서 말씀에 대한 내용을 보면 언어의 신비는 인간끼리 하는 의사소통으로 그치는 것이 아니라 인간과 하늘님의 관계까지 확대되고 심화된다는 놀라운 점을 알게 됩니다 요한복음 1장 1절에서 말씀은 하늘님이라고 했고 1장 14절에서는 말씀이 사람이 되시어 우리 가운데 사신다고 합니다 이러한 성경 구절을 묵상하면서 언어를 생각하면 두려움까지 느끼게 됩니다 예수님의 열두 사도 중에 예수님의 시심을 가장 많이 배운 분이 요한 사도이며 또한 열두 사도로 시작되는 천주교회의 역사상 사도 요한은 첫 시인이라고 생각됩니다 천주교 신자로서 시를 쓰시는 분은 요한 사도님에게 자주 기도하여 그분의 도움을 받아야 한다는 생각도 해 봅니다

덧거리 글 21
큰 시인 하늘님

하늘님은 큰 시인이십니다 하늘님이 장편 서사시 은하수를 골똘히 쓰시다가 종종걸음으로 태양계에 들르시어 목성 화성 또 달 노래를 흥얼거리셨습니다 그리고 많은 시어를 끄집어내어 지구 시집 안에 가지런히 놓으신 다음 모든 단어가 살아 움직이도록 복을 내리셨습니다 사람 시인은 큰 시인 하늘님의 빛살 안에서 시를 짓고 시를 읽고 시를 모으면서 항상 큰 시인을 닮아가려고 애를 씁니다 오늘도 세상 모든 시인들은 큰 시인의 시심을 만나기 위해 산으로 바다로 갑니다 극장이나 책 안으로 들어가고 강변을 걷다가 바람 따라 꽃 향기를 붙잡기도 합니다